# Meine acht Tage der Rache

## Ein erotisches Journal

Von \*\*\*

Aufgezeichnet von Florian Fischer

# Inhalt

Vorwort                                    Seite  4

Tag 1:  Familienbande                      Seite  6

Tag 2:  Spritztour                         Seite 13

Tag 3:  Chefsache                          Seite 19

Tag 4:  Zugzwang                           Seite 25

Tag 5:  Dreisprung                         Seite 31

Tag 6:  Lesbenstich                        Seite 37

Tag 7:  Gartenspiele                       Seite 43

Tag 8:  Finale                             Seite 50

Herstellung und Verlag:
BoD - Books on Demand, Norderstedt
ISBN 978-3-7357-5677-0

„Ich wollte dich und nahm sie alle."

Aus „Die Schlampen sind müde" von Rosenstolz

Vorwort

„Du bist mein Dreizehnter." Ein Satz wie dieser ist das letzte, was ein Mann nach einer durchaus aufregenden Liebesnacht hören will. Aber irgendwie passte es zu dieser jungen Frau: Direkt, unkonventionell und selbstbewusst – so hatte ich sie auch ein paar Tage zuvor kennengelernt. Sie gehörte zu dem Kandidatenpool, den meine Mitarbeiter in der Vorbereitung für eine Talkshow zum Thema „Das erste Mal – Traum oder Trauma?" zusammengestellt hatten. Mein Job war es, In Einzelgesprächen mit den Bewerbern und Bewerberinnen herauszufinden, wer am besten geeignet war, sich in der Diskussion mit einem Psychologen, einer Paarberaterin und einem für seine provokante Gesprächsführung berüchtigten Moderator zu behaupten.

Sie hatte mir von Anfang an am besten gefallen. Nicht nur wegen ihres attraktiven Äußeren, sondern vor allem wegen der fast schon unverschämten Gelassenheit, mit der sie meine Fragen beantwortete. Selten ist mir ein Mensch begegnet, der sich seiner Sache so sicher war. Sie schien ganz genau zu wissen, dass sie zu den drei nicht-prominenten Gästen gehören würde, die in der Live-Sendung über die Defloration und ihre Folgen Auskunft geben würden. Wie recht sie damit hatte, war mir schon nach wenigen Minuten klar.

Und jetzt lag sie also in meinem Bett neben mir, nackt, auf den rechten Ellbogen gestützt und lächelte mich so strahlend an als hätte sie „Du bist mein Erster" gesagt. Nummer 13 also. Interessant. Nummer 1 – das hatte ich in dem Casting-

Gespräch mit ihr erfahren - war Peter, ihre erste, ihre große Liebe. Peter, der sie betrogen hatte und ihr das auch noch offen ins Gesicht sagte. Das ganz normale Ende einer Beziehung. Für ihn, nicht aber für sie. Darüber wollte sie in der Fernsehsendung erzählen: Was der Betrug, der Vertrauensbruch, die persönliche Demütigung in der Folge mit ihr angestellt hatte.

So weit, so gut. Du bist mein Dreizehnter, hatte sie gesagt, und damit meine journalistische Neugier geweckt. Warum führte sie über die Zahl ihrer Männer Buch? Was bewog sie dazu, mir nach der ersten gemeinsamen Nacht zu sagen, dass ich Nummer 13 bin? Wer waren die elf zwischen Peter und mir? Wann war das Trauma Peter überwunden oder: war es das überhaupt?

Im Nachhinein staune ich noch über meinen Mut, dass ich ihr diese Fragen tatsächlich gestellt habe – noch am selben Morgen, nach der gemeinsamen Dusche, beim Frühstück mit Rührei und Sekt-Orange. Noch mehr aber staunte ich dann über ihre Antwort: „Kann ich dir alles erzählen."

Was sie dann auch tatsächlich machte. Direkt, schonungslos und mit bewundernswertem Selbstbewusstsein hat sie ihre Bekenntnisse auf Band gesprochen und mir die Erlaubnis erteilt, sie ohne Preisgabe ihres Namens zu veröffentlichen. Ich gestehe, dass ich ein wenig stolz bin, dass diese erotische Beichte nun in Buchform vorliegt. Von nun an betrachte ich die 13 als meine Glückszahl.

Florian Fischer                    September 2014

## Tag 1    Familienbande

Er hatte mich also betrogen. Nicht nur einmal. Und er fand es offenbar ganz normal. Kein Anzeichen von Bedauern oder gar Reue, als er mir seine Seitensprünge gestand. Im Gegenteil: Eher so etwas wie Stolz, Stolz des Eroberers. Ich war wie paralysiert. Unfähig, auf sein schamfreies Geständnis zu reagieren. Mein Peter!

Am Nachmittag schaute ich, wie so oft in den letzten Wochen, bei seiner Schwester vorbei. Wieder mal mein Herz ausschütten. Natürlich hatte Uta gewusst, was ihr Bruder trieb, während ich mich im ersten Jahr meiner Pariser Lehrzeit noch in klösterlicher Keuschheit übte. Im Lauf des Gesprächs verwandelte sich meine Enttäuschung allmählich in Wut. Blanke Wut. Eine Tasse Kaffee und einige Gläser Cognac später hatte sich diese Wut in Entschlossenheit verwandelt: Ich würde mich rächen. Bald, sehr bald.

Es dämmerte schon, als Utas Mann seinen Kopf durch die Tür steckte. „Ich fahre jetzt in die Stadt. Soll ich dich mitnehmen?" „Das wäre fein", entgegnete ich. Er lächelte mich freundlich an, dann wanderte sein Blick ungeniert auf den Ausschnitt meiner Bluse. Ich weiß nicht, was mich schon diesem Moment geritten haben mag. Aber ich lächelte zurück und fuhr mit der Hand wie unabsichtlich über meinen Brustansatz. Die gewünschte Wirkung erfolgte prompt. Klaus verstärkte sein Lächeln, schaute kurz zu seiner Frau hinüber, die gerade die Cognac-Gläser mit der halb leeren Karaffe abräumte. Als ich mich nach meiner Tasche bückte, sah ich aus den Augenwinkeln, wie seine Blicke über meinen Hintern wanderten. Vielleicht war es just dieser Moment, der mich auf die Idee brachte: Warum nicht er?

„Schatz, ich fahre hinterher noch zu Peter. Kann später werden." Uta reagierte mit einem gleichgültigen Nicken und umarmte mich zum Abschied. „Lass dir von meinem Bruder nicht alles gefallen. Zeig ihm einfach mal, dass es auch noch andere Männer gibt." Ein paar Stunden später fragte ich mich, ob diese eher harmlose Bemerkung nicht die Initialzündung für das gewesen war, was wenig später geschehen sollte.

Klaus hatte inzwischen seinen Citroen DS aus der Garage geholt und hielt mir die Beifahrertür auf. Beim Einsteigen streifte ich mit meinem Busen wie unabsichtlich seinen rechten Arm. Für einen Augenblick genoss ich seine erkennbare Verwirrung. „Soll ich dich gleich nach Hause fahren?" „Du wolltest doch zu Peter fahren. Dann kannst Du mich am Parkplatz beim Stadion absetzen. Ich hab's dann ja nicht mehr weit."

Zu meiner Überraschung blieb Klaus dann nicht am Rand des Parkplatzes stehen, sondern fuhr hinein. „Willst Du über Peter reden?", begann er direkt. „Was gibt's da zu reden?" „Naja, ich meine ja nur." Er hatte also meine kleinen Signale bemerkt. Zeit, einen Gang hochzuschalten. Wie beiläufig umfasste ich mit meiner linken Hand den Knauf des Schaltknüppels, der zwischen uns aufragte, und begann diesen mit sanft kreisenden Bewegungen zu streicheln.

Als ich sicher war, dass Klaus meine Handarbeit nicht verborgen blieb, ließ ich scheinbar unauffällig meine Linke auf sein rechtes Bein wandern. Erst schien er die Geste zu ignorieren. Auch als ich mit den Fingerspitzen die Innenseite seines Oberschenkels zu streicheln begann, blieb eine Reaktion noch aus. Meine Hand wanderte höher, und jetzt zeigte mir eine Bewegung seiner Hüfte, dass meine Berührungen nicht unbemerkt geblieben waren.

Als ich mit der Handfläche die leichte Wölbung in seinem Schritt zu massieren begann, kreuzten sich unsere Blicke. Wir schauten uns immer noch unverwandt an, als ich begann, seinen Hosengürtel zu öffnen. Er lächelte. Vielleicht waren es ja die zwei oder drei Gläser Cognac zu viel. Aber es erschien mir wie Peters Lächeln, nach dem ich mich so lange gesehnt hatte.

Beim Öffnen des Reißverschlusses half er mit einer leichten Hebung seines knackigen Hinterns mit und begann gleichzeitig, mit seinem rechten Handrücken mein Gesicht zu streicheln. Durch den Stoff seiner Unterhose spürte ich, wie sein sanft pulsierender Schwanz anschwoll. Meine Hand glitt in den Feinripp-Eingriff und umspannte mit festem Griff das zuckende Glied. „Hol mir einen runter." Klaus flüsterte. Ich fing an, mit langsam wichsenden Bewegungen die Vorhaut zurückzuziehen, die Eichel freizulegen und behutsam zu streicheln. Klaus stöhnte lustvoll auf. Er hatte inzwischen seinen rechten Arm um mich gelegt, fasste mir von oben in meinen Ausschnitt und begann meine rechte Brust zu kneten. Er nahm meine Brustwarze zwischen Daumen und Zeigefinger und knetete sie, bis sie hart und aufrecht durch meine Bluse stach. Jetzt war ich es, die wohlige Laute ausstieß.

Ich beugte mich über seinen Schwanz, den ich nunmehr freigelegt vor mir sah, senkte den Kopf und nahm die Spitze vorsichtig zwischen die Zähne. Meine Zunge umkreiste erst Eichel und Vorhaut, dann schluckte mein Mund seine groß und hart geworden Männlichkeit bis zur Wurzel, verharrte dort kurz und begann dann mit den saugenden Auf-und-Ab-Bewegungen, die er nun auch mit leichten Stößen unterstützte.

Klaus schien echt überrascht. „Du bist ja unglaublich", murmelte er. Und dann etwas deutlicher: „Dabei hat Peter immer gemeint, du wärst im Bett ne taube Nuss." Jetzt war ich es, die überrascht war. Wieder spürte ich, wie vorhin bei Uta, die Wut in mir aufsteigen. Denn: Wie gerne hätte ich an meinem Peter die in Paris erworbenen außersprachlichen Französisch-Kenntnisse erprobt. Der aber hatte mich immer gleich an den Haaren hochgezogen, sobald mein Kopf auch nur in die Nähe seiner Kronjuwelen kam. Kastrationsängste? Verklemmtheit? Keine Ahnung.

„Lass uns richtig ficken", sagte er plötzlich. „Hier im Auto?", nuschelte ich, ohne seinen nach Vanille schmeckenden Schwanz aus meinem Mund zu entlassen. „Liegesitze", grinste er, setzte sich ruckartig auf, leckte mir kurz und feucht über mein vor Erregung gerötetes Gesicht und machte sich an der Seite seines Fahrersitzes zu schaffen. Langsam glitt das Rückenpolster nach hinten, bis es in einer fast waagrechten Position verharrte.

Draußen war es mittlerweile dunkel geworden. Die einzige Laterne auf dem Parkplatz spendete gerade so viel Licht, dass wir einander sehen konnten. Als Klaus sich jetzt hastig Hemd und Hose auszog, fiel mir zum ersten Mal seine starke Behaarung auf. Männliche Brustbehaarung wirkte auf mich seit jeher abtörnend. Peters haarlos-muskulöser Oberkörper hatte mich dagegen immer erregt. Peter, Peter – musste ich mich ausgerechnet in der Stunde meiner Rache an ihn erinnern? Aber darum ging's ja eigentlich: Peters Betrug mit einem Betrug heimzuzahlen. Und dazu gehörte seine Gegenwart – wenn auch nur in Gedanken.

Klaus lag jetzt auf dem Rücken und sah mir zu, wie ich erst meine Bluse auszog, mich kurz aufrichtete, um den Slip unter dem Rock hervor zu ziehen. Seine Männlichkeit hatte sich inzwischen deutlich vergrößert und lag erwartungsvoll auf seinem Bauch. Ich beugte mich vor, leckte kurz über die freigelegte Eichel und nahm den Schwanz in die Hand. Ohne loszulassen, schob ich mein Becken nach vorne, führte das heiß-harte Glied vor mein Fötzchen und setzte mich darauf. Ich war inzwischen so feucht geworden, dass die Lanze in meine Vagina glitt wie ein heißes Messer in Butter. Sofort begann Klaus mit heftigen Rammelbewegungen. Ich begann an der Situation durchaus Gefallen, ja richtig Lust zu empfinden.

Aber da war er wieder: Peter. Der schuld daran war, dass ich in einem Auto auf einem Parkplatz einen Mann fickte, der mir im Grunde gleichgültig war. Den ich noch nicht einmal mochte. Aber das war mir im Augenblick egal. Und so ließ ich mich wieder fallen in ein Gemisch aus Lust und Rache – und genoss es geradezu, beim Vögeln mit Klaus an Peter zu denken. Der mich schließlich zuerst betrogen hatte.

Klaus hatte seinen Rhythmus gefunden. Mit jedem seiner Stöße, die ich mit konvulsiven Zuckungen meines Beckens unterstützte, skandierte ich in Gedanken: Ich. Kann. Das. Auch. Immer wieder: Ich. Kann. Das. Auch. Jetzt müsste Peter mich sehen. Müsste sehen, wie die taube Nuss seinen Schwager fickte. Der hatte voller Geilheit meine Brüste fast aus dem BH gerissen und sie wie wild zu kneten begonnen. Als ich mich vorbeugte, schnappte sein Mund nach meiner Brustwarze, biss sich fest und erhöhte die Frequenz seiner Stöße, als er merkte, dass ich diese immer irrer werdende Nummer zu genießen begann. Genießen in der Vorstellung, dass ich nunmehr mit Peter quitt war.

Aber noch nicht ganz. Ich wollte noch eins draufsetzen. Klaus rammelte jetzt wie wild – er wollte seinen Saft loswerden, feuerte mich an: „Komm jetzt, komm, komm…" Mit einer kleinen Seitenbewegung löste ich mich von seiner Rute und noch bevor er protestieren konnte, hatte ich die von meinem Mösensaft triefende Latte in meinem Mund. „Mach weiter", forderte ich ihn auf. „Wow, du meinst…" „Ja doch. Mach weiter." Dann ging alles ganz schnell. Nach fünf sechs Zuckungen spürte ich, wie sein Sperma in meine Kehle schoss. Ich musste würgen, spuckte seinen Schwanz aus und bekam die restliche Ladung seiner Sahne ins Gesicht.

Das war's, was ich wollte. Das war im wahrsten Sinn des Wortes das Sahnehäubchen auf meiner Rache. So müsste er mich jetzt sehen.

## Tag 2    Spritztour

Peter hat von meiner Rache nie erfahren. Aber sie war trotzdem hilfreich auf dem langen Weg, meine erste Liebe zu vergessen. Der Fick mit Klaus hatte etwas ausgelöst, von dem ich bisher nicht wusste, dass es in mir schlummerte. Immer wenn ich mich daran erinnerte, wie das warme Sperma von Klaus über Augen, Nase und Mund tropfte, konnte ich mich gegen eine aufkommende wohlige Erregung nicht wehren. Ein Damm schien gebrochen, der Damm der anerzogenen Rühr-mich-nicht-an-Attitüde eines braven Bürgermädchens.

Auf Wunsch meines Vaters hatte ich mich an der Uni immatrikuliert. Juristische Fakultät. Nicht aus Interesse, sondern weil Peter das auch studieren wollte. Peter, immer wieder Peter. Oder vielmehr: immer noch. Aber egal. Römisches Recht, Verfassungsgeschichte, Bürgerliches Gesetzbuch – stinklangweilig alles. Forensische Psychologie war die einzige Vorlesung, die ich als eingefleischte Leserin von Kriminalromanen einigermaßen spannend fand.

Noch spannender wurden die zwei Wochenstunden allerdings durch einen Kommilitonen, der mich erst nur mit seinen dunklen Augen verfolgte, später artig grüßte und sich dann immer genau hinter mich setzte. In der Mensa kam er dann irgendwann an meinen Tisch, gab mir die Hand und sagte: „Ich bin Amadou." Seine fast schüchterne Zurückhaltung provozierte mich augenblicklich zu eindeutigen Flirt-Signalen: „Ein schöner Name." Amadou war wirklich verdammt attraktiv, nicht nur wegen seiner Hautfarbe.

Amadou war Afrikaner, hatte im Rahmen des Deutschen Akademischen Ausländer Dienstes ein Stipendium bekommen und teilte in einem Studentenwohnheim ein Zimmer mit einem Vietnamesen. Bei meinem ersten Besuch überraschte er mich damit, dass er seine Schüchternheit schlagartig ablegte, sobald die Tür hinter uns geschlossen war. Er umarmte mich fast gierig, umfasste mit beiden Händen meine Arschbacken und presste mich gegen sein kreisendes Becken. Was ich da spürte, war kein Hausschlüssel: Hart zwar, aber größer. Wenn auch nicht so groß, wie man das von Angehörigen seiner Rasse immer annimmt. Das stellte ich mit einem kurzen Blick fest, als wir beide uns der Kleider entledigt hatten und sofort übereinander herfielen.

Alles, was ich bisher über die Penis-Größe von Farbigen gehört hatte, war offenbar ein rassistisch begründetes Neid-Gerücht, das dem Vergleich mit der Wirklichkeit nicht standhielt. Aber ich war nicht wirklich enttäuscht. Der erste Sex mit Amadou war zwar keine Sensation, aber durchaus auf- und anregend. Die Möglichkeit, dass jeden Moment die Tür aufgehen und Amadous Zimmergenosse auftauchen könnte, steigerte meine Erregung. Ich ertappte mich dabei, wie ich es mir sogar für einen Augenblick wünschte, dass der Vietnamese unseren Stoßverkehr zu einem Multi-Kulti-Fick erweiterte.

Amadou war übrigens beschnitten. War er etwa Jude? Ich musste an Sammy Davis jr. denken und sein Bonmot vom dreifachen Handicap: ein Glasauge zu haben und nicht nur schwarz, sondern auch noch Jude zu sein. Die rosige Eichel krönte einen tiefbraunen Schaft, auf dem sich Adern abzeichneten, die sich im erigierten Zustand wie kleine Kordeln um das Glied schlangen. Als meine Zunge zum ersten Mal das markante Profil seines Schwanzes erkundete, meinte ich, das Salz von Meerwasser zu schmecken.

Amadou holte sein Glied mit einem Griff aus meinem Mund, schleuderte mir das von meiner eigenen Spucke triefende Teil rechts und links ins Gesicht und herrschte mich an: „Dreh dich um!" Amadous Stimme klang plötzlich gar nicht mehr sanft, sondern rauh und grob. Grob wie der Griff, mit dem er mich jetzt über die Stuhllehne beugte, meine Beine auseinander spreizte und mit einem gezielten Stoß etwas schmerzhaft in meine Fotze eindrang. Ich mochte diese Stellung, zumal Amadou mich mit leichten Schlägen auf meine Arschbacken zusätzlich anfeuerte. Das laute Klatschen steigerte meine Erregung, so dass mein ohnehin gereizter G-Punkt zuverlässig einen Schwall von Feuchtigkeit auslöste, der nun in meine Vagina einschoss. Amadous Schwanz nahm das natürliche Gleitmittel dankbar auf und bewegte sich jetzt mühelos in meiner vom Lustsaft eingeölten Grotte hin und her.

Nachdem Amadou überraschend schnell gekommen war, flutschte er aus meinem Loch, ging zielstrebig auf das Waschbecken zu, wusch seinen eingeschleimten Penis ab und begann ungeniert in das Porzellan zu urinieren. Aufmerksam sah ich zu, wie sich der weiß-gelbe Strahl aus der Tülle, die eben noch einen Samenschwall in mein Inneres geschossen hatte, in die Schüssel ergoss. Ich trat neben Amadou und hielt meine Hand unter seine langsam verrinnende Feuchte.

Während ich die warmen Urintropfen von meiner Hand leckte, schaute ich ihn unverwandt an. „Kannst Du nochmal kommen?", fragte ich ihn lächelnd. „Ich meine pinkeln." Irgendwann hatte ich mal davon gelesen, dass diese Praxis „Natursekt" genannt wurde. Und seltsamerweise war mir danach. Jetzt. „Nach einer Flasche Bier vielleicht", grinste er zurück. „Dann allez hopp." Unwillkürlich hatte ich mich des bekannten saarländischen Fastnachtsgrusses bedient, den ich so oft von meinem Chef, dem Präsidenten eines Karnevalsvereins, gehört hatte. Der stand übrigens auch noch auf meiner Rache-Liste.

Das mit dem Bier hatte Amadou tatsächlich ernst gemeint. Für mich hatte er auch eine Flasche geöffnet, ostentativ mit mir angestossen und gewartet, bis ich auch anfing zu trinken. Das erwartete er also von mir – ich verstand sofort. Jetzt zog mich Amadou erst einmal zur Duschkabine in der Ecke seines Zimmers. Nachdem er den Vorhang zugezogen hatte, forderte er mich auf, mich hinzuknien. Dreh dich um, knie dich hin – was dachte sich dieser Macho eigentlich? Aber ich hatte es schließlich so gewollt. Also kniete ich und sah, wie mein afrikanischer Herrscher seinen schon wieder leicht erigierten Stößel auf mein Gesicht richtete und zu pumpen begann.

Die ersten Tropfen verrannen noch gemächlich auf seinem Handrücken. Aber dann traf mich ein scharfer Strahl mitten auf die Stirn. Geschickt ließ Amadou jetzt seine schwarze Spritzdüse kreisen und nässte jeden Quadratzentimeter meines Gesichts ein. Vorsichtig öffnete ich meinen Mund, leckte das zu meinem Erstaunen fast geruchlose Nass und schmeckte – wieder Salz. Jetzt nahm ich seine Gießkanne ganz in den Mund und ließ den immer noch üppig sprudelnden Natursekt einfach über beide Mundwinkel rauslaufen. Kleine Bäche rannen nun zwischen meinen Brüsten hindurch und sammelten sich kurz in meinem Nabel, bevor sie in meinem Schamhaar versickerten.

Während der warmen Berieselung hatte ich die drei mittleren Finger meiner rechten Hand tief in mein Loch versenkt und meinen Kitzler kräftig stimuliert. Das war einerseits geil, andrerseits hoffte ich, so die Wirkung des Bieres zu verstärken. Es funktionierte. Amadou hatte inzwischen die letzten Tropfen aus seinem erschlafften Schniedel gepresst und sah mich erwartungsvoll an. Jetzt war ich es, die Amadou auf die Knie bat. Als hätte er nur darauf gewartet, setzte er sich mit dem Rücken zu mir, ließ den Kopf in den Nacken fallen und platzierte sein Gesicht direkt zwischen meine leicht gespreizten Schenkel. Jetzt musste ich es nur noch fließen lassen.

Und das tat ich dann auch. Auf der einen Seite bedauerte ich es, dass ich meine Fontäne nicht so präzise und zielgerichtet in den klaffenden Mund lenken konnte, der sich unter meinen Beinen erwartungsvoll geöffnet hatte. Auf der anderen Seite fand ich auch die Sprühstöße, die sich bald unkontrolliert über den nach Luft schnappenden Amadou ergossen, durchaus erregend. Und während ich meine Blase über ihm entleerte, begann er seinen jetzt wieder aufragenden Schwanz zu wichsen.

Als ich die ersten weißen Tropfen aus seiner rosigen Tülle quellen und sein Aufbäumen sah, konnte ich nicht anders:

Wie von Sinnen ergriff ich die zuckende Schwarzwurz, steckte sie in meinen Mund, wichste mir den Rest seines Saftes in die Kehle und schluckte genüsslich Tropfen um Tropfen, bis Amadou sich entspannt zurücklegte.

Und wieder wünschte ich mir, dass Peter hätte dabei sein können. Zum Zuschauen verdammt.

## Tag 3  Chefsache

Ich hatte Peter seit Wochen nicht gesehen. Als er mir in der Saarbrücker Einkaufsmall plötzlich gegenüberstand, war das wie ein Schock, der meine Knie weich werden ließ. Im Bauch fühlte ich eine Welle aufsteigen, die in mir die widersprüchlichsten Gefühle auslöste: Freude, Ärger, Angst, Erregung. Ich versuchte, mir nichts von alledem anmerken zu lassen. Nach dem üblichen Wie-geht's-Danke-gut-Dialog wollte ein wirkliches Gespräch nicht aufkommen. Meine leise Hoffnung, dass Peter mich fragen würde, ob wir es nicht noch einmal zusammen versuchen sollten, wurde enttäuscht. Und um auch nicht die letzte kleine Chance für eine Versöhnung zu zerstören, verzichtete ich auf die Erfüllung des kleinsten Rachegelüsts und machte nicht die leiseste Andeutung, was ich in den letzten Wochen erlebt hatte.

So gingen wir wieder auseinander und gleich stieg wieder die Wut in mir auf und ich fühlte, dass mein Rachedurst noch lange nicht gestillt war. Im Gegenteil. Außerdem, wenn ich ehrlich war, fingen die sexuellen Retourkutschen an, mir auch unabhängig vom Befriedigen meiner Revanche-Gelüste Spaß zu machen. Es wurde Zeit für das nächste Opfer – und das hatte ich praktisch jeden Tag vor meiner Nase: meinen Chef. Seine wiederholten Einladungen zum Abendessen hatte ich bisher immer abgelehnt. Umso überraschter war er, als ich seine Frage, ob wir denn nicht doch einmal zusammen essen gehen sollten, mit einem schlichten „Warum nicht" beantwortete.

Er kenne da ein Lokal in einem kleinen Nest in Lothringen, wo man traumhaft essen könne. Mein strahlendes Lächeln nahm er wohl als Aufforderung auch gleich darauf hinzuweisen, dass es direkt nebenan auch ein ganz reizendes Hotel gebe. „Da muss man nicht so mit dem Trinken aufpassen", fügte er fast entschuldigend hinzu. Um es kurz zu machen: Das Essen war mittelprächtig, das Hotel, in das er mich – ermutigt durch meinen eindeutigen Avancen - dann doch eingeladen hatte, in der Tat ganz entzückend.

Beim Einchecken merkte ich gleich, dass er nicht zum ersten Mal in Begleitung hier war. Die Concièrge jedenfalls begrüßte ihn wie einen alten Stammgast. Leichthin plaudernd und mit einem komplizenhaften Lächeln reichte sie meinem Patron den Zimmerschlüssel mit der Nummer 69. Eine seltsame Nummer für ein so kleines Hotel, dachte ich. Soixante neuf, l'année erotique – mir fiel das wunderbar laszive Chanson von Serge Gainsbourg und Jane Birkin ein. Diese Assoziation hatte wohl auch jemand vom Hotel gehabt. Vive la France!

Gainsbourg und die Birkin, die Schöne und das Biest – wenn man will, traf das auch auf uns zu. Mein Chef war alles andere als eine Schönheit. Seine Halbglatze verdeckte ein Toupet, die leichten Basedow-Augen wirkten durch die Kontaktlinsen noch etwas größer und die Lücke zwischen den Schneidezähnen verlieh seinem Lächeln etwas Mephistofelisches. Aber dafür war er groß, schlank, mit sportlicher Figur. Vor allem aber hatte er Charme und sogar einen gewissen Witz weit über dem deprimierenden Büttenreden-Niveau des Karnevalsvereins, dem er vorstand. Und er liebte Filme. Wenn mich etwas an ihm störte, dann war das sein billiges After Shave, das so gar nicht zu den edlen Klamotten passte, die er trug, seidenes Einstecktuch inklusive.

Das Hotelzimmer war einfach — französisches Bett, Schrank, Tisch, zwei Stühle – und schmucklos. In einer Obstschale lagen lieblos dekoriert drei Äpfel, ein Klotz dunkler Trauben und zwei Bananen. „Setz dich", forderte er mich auf. „Hier auf den Stuhl." Ich gehorchte. Die Flasche Burgunder und die beiden Eau-de-vie-Digestifs schienen etwaige Hemmschwellen eingerissen zu haben. Denn seine Stimme hatte sich plötzlich verändert. In fast kaltem Befehlston hörte ich ihn sagen: „Und jetzt schieb deinen Rock hoch und zieh dein Höschen aus." Wieder gehorchte ich. Aber das war noch nicht alles. „Nimm die Banane und steck sie dir rein. Aber langsam." Sein Mund öffnete sich zu einem maliziösen Lächeln und ich sah, wie sich seine Zunge durch die Zahnlücke presste. „Sie sind eine ganz schöne Sau", konnte ich mich nicht enthalten. Dass ich ihn immer noch siezte, machte die ohnehin schon bizarre Situation noch etwas abstruser. Trotzdem nahm ich ganz fügsam eine Banane aus der Obstschale, spreizte meine Schenkel und schob die gelbe Frucht aufreizend langsam zwischen meine rosigen Schamlippen.

„Du aber auch", echote er zurück. Jetzt öffnete er – ebenfalls aufreizend langsam - den Reißverschluss seiner eleganten Business-Hose. Die Hose vom Chef, wahrscheinlich Boss, dachte ich – haha. Mit seiner Rechten griff er in den feinen Zwirn und holte mit einem Ruck heraus, was man hin und wieder Gemächt nennt. Beim Anblick wurde mir die Bedeutung dieses altmodischen Wortes zum ersten Mal klar.

Dieser Schwanz verdiente das Prädikat mächtig allemal. Zumal er noch nicht einmal die leiseste Andeutung einer Erektion machte. Gute zwanzig Zentimeter hingen da lässig zwischen den Hosenbeinen, deren scharf geschnittene Bügelfalten einen interessanten Kontrast zu der breiten Fleischlanze bildeten.

Beide Hände locker in die Hüften gestützt, kam er jetzt auf mich zu, griff sein gerade noch frei baumelndes Riesenglied und legte es fast behutsam neben mir auf den Tisch. Nun verstand ich, warum er mir das Obst zum Spielen gegeben hatte. Ich zog die Banane aus meinem schon leicht angefeuchtetem Loch und platzierte sie direkt neben seiner jetzt doch langsam anschwellenden Liebesnudel. Das war es also: Auf einen Vergleich hatte er es abgesehen. Und der fiel ganz offensichtlich zu seinen Gunsten aus – sowohl was Länge als auch Durchmesser anging. Kein Zweifel: Das war der größte Schwanz, den ich bis dato gesehen hatte. Den musste ich mir genauer anschauen.

Mit meiner linken Hand fegte ich die Banane vom Tisch, ergriff mit der rechten den Sieger des Vergleichs und zog ihn zu mir heran. „Gefällt er dir?", hörte ich meinen Chef sagen. Als Antwort spuckte ich auf die Spitze seines männlichen Stolzes, was ihn offenbar umgehend erregte. Das schon im Ruhezustand imponierende Ding schwoll zu fast beängstigender Größe an. Die Vorstellung, diesen Lustlümmel sehr bald in meine Grotte versenken zu können, ließ meine Schamlippen anschwellen und die Vagina feucht werden.

Aber zunächst einmal wollte ich mit meinem Mund jeden Zentimeter dieses lebendig zuckenden Riesendildos erkunden, der jetzt steil vor meinem Gesicht aufragte. Die Oberfläche des Schwanzes war glatt wie eine Wurstpelle und durch die auffallend helle Haut schimmerten die Blutgefässe in blassem Blau. Sanft massierte ich seine Hoden und versetzte so seine Latte in leichte Schwingungen. Die Reaktion erfolgte prompt. Eine dunkelviolette Eichel schoss geradezu durch die Vorhaut und sonderte einen farblos-öligen Tropfen ab, den ich sogleich begierig aufsaugte. Er schmeckte - nach nichts. Was mich etwas enttäuschte – ich hatte Pfefferminz erwartet, Ingwer oder etwas ähnlich Exotisches, das dieser prachtvollen Prinzenrolle angemessen gewesen wäre. Stattdessen zog jetzt der Old Spice-Duft seines After Shaves in meine Nase. Merkwürdigerweise turnte mich der ordinäre Geruch auf einmal an wie der Schweißgeruch eines Seemanns seine Hafenhure.

Meine Geilheit wuchs, als er mich jetzt von meinem Stuhl aufhob, aufs Bett warf und meine Beine auseinander bog. Er schien kein Freund langen Vorspiels zu sein. Immerhin presste er noch seinen Kopf zwischen meine Schenkel, saugte mit lustvollem Schmatzen an meiner Klitoris und platzierte zwei drei gezielte Spucker zwischen meine Schamlippen, bevor er mit einem energischen Ruck seine Lanze einführte. Im ersten Moment glaubte ich, es würde mich zerreißen. Aber schon nach den ersten paar sanften Stössen erfüllte mich unbeschreibliche Lust. Mein Unterleib erwies sich als eine einzig erogene Zone, in der jede Bewegung wahre Fontänen von Flüssigkeit erzeugte.

Von wegen „In der Stunde der Wahrheit sind alle Schwänze gleich", wie ein Freund aus Schülertagen immer zu sagen pflegte. Ich erlebte gerade die Stunde der Wahrheit – und die war groß, riesengroß. Gerade wunderte ich mich noch, warum mir dieses Riesending eigentlich nicht weh tat, da zog mein Boss nach einigen kräftigen Stakkato-Stößen sein bestes Stück aus meiner extrem geweiteten Scheide und spritzte mir seinen heißen Saft ins Gesicht. Mit dem nicht verklebten Auge sah ich, wie er sich mit heftigen Wichsbewegungen bis zum letzten Tropfen auf mir entleerte, bevor er sich erschöpft neben mich legte.

Eigentlich hatte ich mich schon insgeheim darauf gefreut, seinen Schwanz in meinem Mund langsam erschlaffen zu spüren. Aber Französisch war nicht sein Ding, wir er mir später erklärte: „Frauen sehen nicht sexy aus, wenn sie meinen kleinen Goliath im Mund haben. Das erinnert mich immer ein bisschen an Gänsestopfen. Nicht mein Stil. Das Auge fickt ja schließlich auch mit." Mein Chef, der Ästhet und Scherzkeks.

Wir trafen uns noch ein paar Mal in Zimmer 69 des verschwiegenen kleinen Dorfhotels in Lothringen. Ein bisschen wie Marlon Brando und Maria Schneider im „Letzten Tango von Paris", übrigens einem Lieblingsfilm meines Chefs. Aber ich beendete die Affäre, als er mich immer wieder drängte, die berühmte Butter-Szene aus dem Bertolucci-Film nachzustellen. Arschficken war nicht mein Ding, erst recht nicht mit einem 30-Zentimeter-Monster.

Aber auch so wäre mein Peter aus dem Staunen nicht herausgekommen, wenn er seine taube Nuss bei der Erweiterung nicht  nur ihrer Erfahrungen, sondern auch ihrer Mädchen-Möse gesehen hätte.

Tag 4    Zugzwang

Mein erstes Paris-Jahr hatte ich wie eine Nonne verbracht. Ich war noch Jungfrau und wollte mich für den Mann aufheben, der für ein Jahr zum Schüleraustausch in die USA geflogen war. Für Peter natürlich. Der mich nach seiner Rückkehr zwar prompt entjungferte, sich aber nicht entblödete, mir gleich danach vom Sex im Auto-Kino, willigen Cheerleadern und Parkplatz-Petting zu erzählen. Ich kam mir wie eine Idiotin vor. Und machte ohne weiter nachzudenken auf der Stelle Schluss mit meinem Traum-Prinzen, der sich in der Wirklichkeit auch nur als schwanzgesteuerter Stallknecht entpuppt hatte.

Jetzt, wo mein Entschluss, mich zu rächen, schon dreimal konkrete Formen angenommen hatte, jetzt begann ich eine Seite an mir zu entdecken, die mich selbst überraschte. Ich konnte mich gehen lassen. Hatte keine Angst mehr, die Kontrolle zu verlieren. Das verschaffte mir ein bis dahin ungeahntes Gefühl von Freiheit. Von Freiheit und Schamlosigkeit. Mein zweites Jahr in Paris sollte diese neue Seite an mir in einer Weise zum Vorschein bringen, die ich nie für möglich gehalten hätte.

Da waren zum Beispiel diese monatlichen Zugfahrten von Saarbrücken nach Paris. Die begehrlichen Blicke männlicher Passagiere, die ich zuvor ostentativ ignoriert hatte, erwiderte ich jetzt ganz offen und interessiert. Was dazu führte, dass ich regelmäßig angequatscht wurde. In der Regel endeten diese Anmachversuche mit einer Verabredung für die nächste Woche, normalerweise in einem Hotel, manchmal auch in einer Pariser Wohnung. Bei der Auswahl meiner Männer legte ich Wert darauf, dass sie keine Singles waren. Ehemänner waren mir dabei am liebsten, weil ich ziemlich sicher sein konnte, dass sie auch nichts anderes wollten als ich: Sex. Meistens blieb es dann auch nur bei einem Treffen, manchmal waren es auch, je nach Spaßfaktor, zwei oder drei.

An eine Zugfahrt erinnere ich mich mit besonderem Vergnügen. Es war an einem Sonntagabend im November. Anders als sonst waren viele Abteile leer. Ich teilte das meine mit einem Franzosen. Dabei sollte es bleiben, denn zwischen Metz und Paris hielt der TGV nicht mehr. Ich schätzte mein Gegenüber auf Anfang 30. Gepflegtes Äußeres, mittelgroß, schwarzer Rollkragenpullover über hellgrauen Jeans, dunkle Haare, Typ Jean-Louis Trintignant, einem meiner französischen Lieblingsschauspieler. Er las in einem Buch und schien mich zunächst nicht zu beachten.

Während der Fahrscheinkontrolle hatte er sein Buch zur Seite gelegt, fast ein wenig demonstrativ, wie mir schien. Denn nun konnte ich den Titel sehen: „Das Delta der Venus" von Anais Nin. Die erotischen Memoiren von Henry Millers asiatischer Teilzeit-Geliebten – eine Ansammlung frivoler bis deftiger Ferkeleien, von Kritikern als Literatur geadelt, die mich auf eine Idee brachte.  Zusammen mit dem Schaffner verließ ich das Abteil und zog auf der Toilette mein Höschen aus. Als ich wieder zurückkam, war mein Franzose schon wieder in sein Buch vertieft. „Und?", hörte ich mich sagen. „Macht Sie das an?"

Ich hatte mich ihm wieder gegenübergesetzt und erwiderte seinen erstaunten Blick mit einem provozierenden Lächeln. „Sie haben das Buch schon gelesen?", fragte er zurück. Er sprach deutsch mit jenem charmanten Akzent, den wir Deutsche so lieben, etwa so: Sie aben das Buch schon gelesön? „Mais oui, jede junge Frau in Deutschland kennt dieses Buch." Jetzt hatte ich sein Interesse. Als ich dann die Beine demonstrativ übereinanderschlug – wie weiland Sharon Stone in „Basic Instinct" – und zwar so langsam, dass er mein fehlendes Höschen bemerken musste, hatte ich außer Interesse auch noch seine volle Aufmerksamkeit.

Seine prompte Einladung in den Speisewagen nahm ich mit einem unverbindlichen „Ich liebe Champagner" an. „Okay. Isch eiße übrigöns Pascal." Auf dem Weg zum Speisewagen fühlte ich eine leichte Feuchte im Schritt. Seit der Riesenschwanz meines Chefs den sinnlichen Horizont meiner Vulva beträchtlich erweitert hatte, bedurfte es nur der kleinsten Aussicht auf erotisches Neuland, um meine Spalte in glitschiges Gelände zu verwandeln. Auch das gehörte zu den neuen Erfahrungen, die mein Rachefeldzug mir bescherte: Ich konnte schon bei der Vorstellung, mit einem neuen Partner intim zu sein, geil werden.

Und, wie an diesem Abend im Nachtzug nach Paris, geil sein. Denn noch während der Bestellung streifte ich die Schuhe ab, streckte das rechte Bein in Richtung Pascal, stieß auf sein Knie, ließ meinen Fuß langsam aufwärts gleiten – in den Schritt. Meine neugierigen Zehen fanden bald, was ich suchte: etwas länglich Festes, das auch gleich gegen meinen Fuß gedrückt wurde. Das sah über dem Tisch lustig aus, wie Pascal scheinbar langsam von der Sitzbank zu rutschen schien und sich ruckartig wieder aufrichtete, als der Kellner den Champagner brachte.

Nach dem ersten Schluck sank Pascal wieder halb vom Stuhl. Nun war ich es, die seinen Fuß zu spüren bekam, der zielgerichtet zwischen meine Beine glitt und dank des fehlenden Höschens ganz schnell den Eingang in meine nasse Spalte fand. Wohlig räkelten sich Pascals Zehen zwischen meinen Schamlippen und hörten auch nicht mit dem Kraulen auf, als die Suppe serviert wurde. Und dann ging plötzlich das Licht aus.

Nach Minuten der Dunkelheit endlich eine Lautsprecherdurchsage. Der Kurzschluss sei bis Paris nicht mehr zu beheben. Für solche Fälle sei ein Notprogramm vorgesehen: Die Zugbegleiter würden umgehend Kerzen in die Abteile und in den Speisewagen bringen. Und in der Tat: Innerhalb kürzester Zeit wurde der ganze Zug durch Kerzenschein illuminiert. Die unverhoffte Romantik tat unserer Geilheit keinen Abbruch, im Gegenteil. Wir stornierten Hauptgang und Dessert und verständigten uns auf einen diskreten Abgang.

Ich schnappte mir meine Serviette und das Sitzkissen und machte mich auf den Weg zu unserem Abteil, das von zwei Kerzen nur schummrig beleuchtet wurde. Ich schob meinen Rock bis zur Hüfte hoch, legte mir das Kissen unter, setzte mich auf das Polster und griff mir eine der beiden Kerzen. Gerade rechtzeitig, denn da huschte Pascal schon zur Tür rein und brachte, wie verabredet, den Champagner. Er schloss die

Abteiltür, zog die Vorhänge vor, stellte Schampus und Gläser auf den Boden und sah mich erwartungsvoll an.

Ich hatte mich lässig zurückgelehnt und saß nun mit gespreizten Schenkeln da, dazwischen flackerte eine Kerze, von der Wachs auf meine Hand tropfte. Pascal ließ sich auf die Knie fallen, nahm mir die Kerze aus der Hand und betrachtete unter ihrem flackernden Schein mein behaartes Dreieck. „Ta Delta de Venus", murmelte er. Dann stand er auf, löste den Gürtel seiner Jeans, öffnete den Hosenstall und holte seinen Schwanz raus. Die Kerze hielt er immer noch in der Hand. Fasziniert sah ich, wie er ein paar Wachstropfen auf seine allmählich anschwellende Männlichkeit tropfen ließ. Das in Sekunden erstarrte Wachs bildete eine Art abstrakter Kruste und verlieh seiner Rute etwas Animalisches.

Wie hypnotisiert starrte ich auf das heiße Teil, das jetzt vor meinem Gesicht wippte, zog mein T-Shirt über den Kopf und löste meinen BH. Wie in Trance griff ich nach der zweiten Kerze, beträufelte meine Brüste mit einigen Wachstropfen, stand auf und hielt die Flamme vor Pascals Gesicht. „Blas aus", flüsterte ich. „Zieh deine Hose aus und setz dich hin." Ohne seine Kerze loszulassen, entledigte er sich seiner Jeans samt Boxershorts und setzte sich. Ich drehte mich nun mit dem Rücken zu ihm, stellte mein linkes Bein auf das Sitzpolster und griff nach seinem Liebesstab. Der flackernde Docht der Kerze tauchte sein aufragendes Glied und meine willig geöffnete Vulva in ein unwirkliches Licht.

Sobald ich den Schwanz in mir spürte, lehnte ich mich zurück, nahm Pascals Hand, die die Kerze hielt und führte sie zu meinem Schoß. Noch einmal verpasste ich mir einen heißen Wachsschwall und begann mit dem wilden Ritt. Leicht vornüber gebeugt rammte ich mir die mittlerweile steinhart gewordene Wurzel immer wieder in mein heißes Loch. Pascal hatte mich von hinten umfasst und knetete mit beiden Händen voller Hingabe meine Brüste, nahm die erigierten Warzen zwischen die Finger und brachte meine Glocken in klatschende Schwingungen. Als dann aus meiner Grotte ein großer Schwall Lustsaft auf den Boden schwappte, konnte ich nicht mehr an mich halten: Ich ließ meiner Lust freien Lauf und schrie „Jaaaaaaaa!"

In dem Moment näherte sich vom Gang ein Lichtschein unserem verdunkelten Abteil. „Ist alles in Ordnung?" Das musste der Schaffner sein. Im Nu saßen wir uns wieder gegenüber, unsere Mäntel bedeckten gerade mal so die offensichtlichen Blößen. „Ja, tout va bien", rief Pascal. Wir griffen beide nach unseren Champagnergläsern. Gerade rechtzeitig. Die Tür öffnete sich, der Zugbegleiter erfasste mit einem Blick die Situation und grinste: „A la votre, monsieur dame."

Und ich fügte in Gedanken hinzu: A la tienne, Peter.

Tag 5    Dreisprung

Wenn mir jemand vor sechs Monaten gesagt hätte, dass ich irgendwann einmal mit zwei Männern im Bett landen würde, hätte ich bestenfalls laut gelacht. Eigentlich hatte es auch niemand von uns Dreien darauf abgesehen, als ich Rainer und Uwe zufällig  in einer Diskothek traf. Die beiden gehörten zu der Jeunesse dorée von Saarbrücken, zu der ich durch Peter losen Kontakt bekommen hatte. Wir kannten uns daher eher flüchtig von diversen Partys, wussten jeder um die wechselnden Liaisons des anderen, machten small talk – das war's eigentlich.

Wir tranken an der Bar einen Martini Cocktail, lästerten ein wenig über Aussehen und Kleidung der Gäste und waren uns schnell einig, dass der Abend nicht in diesem Etablissement enden würde. „Gehen wir doch zu uns", schlug Uwe vor, der zusammen mit Rainer ein schickes Appartement in Uni-Nähe bewohnte. „Ich hab einen erstklassigen Wodka im Tiefkühlfach", lockte er und mit einem Augenzwinkern in meine Richtung ergänzte er: „Auch mit Orangensaft, wenn's sein muss." Die Einladung war nicht misszuverstehen. Normalerweise hätte ich als braves Bürgermädchen das eindeutig zweideutige Angebot ignoriert.  Aber ich war ja längst nicht mehr brav – Peter sei Dank. Also hörte ich mich sagen: „Klar, warum nicht."

Eine knappe Stunde später saß ich auf der eleganten Bettcouch, auf der die beiden bestimmt nicht zum ersten Mal weibliche Gäste bedienten. Rainer hatte dem Kühlschrank eine Flasche Wodka entnommen, Uwe drei Gläser aus dem Spülbecken geholt. „Santé!" Rainer eröffnete die erste Runde und schüttete gleich nach. „Nicht nippen, kippen!" Uwe legte zur Runde zwei mit einem „Nich' lang schnacken, Kopp in Nacken" nach. „In diesem Sinne: Rin in die Rinne", kicherte ich eindeutig zweideutig die dritte Runde ein. Um es kurz zu machen: Wir drei waren im Nu betrunken. Die Reden wurden anzüglicher, die rechts und links von mir sitzenden Jungs konnten bald nicht mehr die Hände an sich halten, berührten immer öfter meine Arme, meinen Rücken, die Knie.

Ich stand auf, bewegte mich mit ein paar aufreizenden Tanzschritten auf die Stereo-Anlage zu. „Macht doch ein bisschen Musik", forderte ich die beiden auf. Kurz darauf hörte ich aus den Bang&Olufsen-Boxen Jane Birkin ihr laszives „Je t'aime" piepsen und ihren Partner Serge Gainsbourg sein berühmtes „Moi non plus" raunen. Uwe und Rainer umkreisten mich zu den schwülen Rhythmen des französischen Stöhn-Klassikers und wir tanzten eine Weile wie selbstvergessen.

Bis ich meine Schuhe von den Füssen schleuderte und begann, meinen Rock aufzuknöpfen und langsam über die Hüften zu ziehen, und damit das von meinen beiden Böcken erwartete Signal gab. Als ich mein T-Shirt auszog, gruben sich augenblicklich zwei Hände in meinen BH und begannen, meine Brüste zu kneten. Es war Uwe, der sich hinter mich gestellt hatte und dessen Ständer ich durch die Jeans hindurch an meinem Arsch spüren konnte. Er war es auch, der meinen Slip abstreifte und seine Hände von meinem

Busen zwischen die Beine wandern ließ. Zwei Finger seiner rechten Hand schoben sich in meine Spalte, der Zeigefinger der Linken bohrte sich etwas schmerzhaft in mein kleines Arschloch.

Rainer stand vor mir und starrte gebannt auf die Aktivitäten seines Freundes. Er schien noch unschlüssig, welche Rolle in diesem beginnenden Spiel er einnehmen sollte. Umso überraschter war ich, als er plötzlich den Reißverschluss seiner Hose öffnete, entschlossen seinen Penis rausholte und lächelnd die Hände in die Hüften stemmte. Ich sah, wie sich seine Männlichkeit ganz langsam, wie in Zeitlupe, aufrichtete, bis ihre Spitze provozierend auf mich zeigte. Uwe hatte inzwischen meinen BH geöffnet und ließ nun meine beiden prallen Glocken unter seinen Händen auf und ab wippen. Rainer stand immer noch reglos da. Das einzige, was sich zuckend bewegte, war seine nicht sehr lange, dafür auffallend kräftige Lanze.

Fasziniert starrte ich auf diese neue Variante im offenbar unerschöpflichen Angebot von Penis-Modellen. Es war zwar erst der fünfte erigierte Schwanz, den ich in meinem Leben gesehen hatte, den von Peter eingeschlossen. Aber mir war jetzt klar: Keiner glich dem anderen, weder was Größe und Stärke noch was Farbe und Form betraf. Vom Geschmack gar nicht zu reden. Es war vielleicht dieser Moment in der noblen Studentenbude, als ich mich überraschend zwei Exemplaren viriler Stärke auf einmal gegenübersah, dass von diesem Augenblick an Männer-Schwänze eine geradezu hypnotische Wirkung auf mich ausüben sollten.

Rainer hatte sich immer noch nicht bewegt. Ohne den Blick von seinem dicken Prachtstück abzuwenden, fiel ich auf die Knie, verschränkte meine Hände hinter dem Rücken und öffnete den Mund. Rainer verstand sofort. Er ging ein, zwei Schritte auf mich zu, bis sein Luststab nur wenige Zentimeter vor meinem Gesicht aufragte. Mit einer kleinen Kopfbewegung fixierte ich das schwankende Rohr, schnappte nach der freigelegten Eichel und führte das heiße Teil in meinen weit geöffneten Mund. Dann bewegte ich, die Hände noch immer auf dem Rücken, meinen Kopf hin und her.

Uwe hatte meine Brüste losgelassen, als ich mich auf die Knie sinken ließ. Als er sah, wie sein Freund von mir gemolken wurde, zog er Jeans und Slip aus, stellte sich neben Rainer und drückte sein halb aufgerichtetes Glied gegen meine Wange. Mein Mund wanderte zu dem Neuankömmling, während ich Rainers Schwanz in meine rechte Hand nahm und zu wichsen begann. Mit meiner Linken schob ich Uwes Vorhaut zurück und leckte seine rosige Tülle, bis er zu rammeln begann. Jetzt steckte ich mir beide Schwänze abwechselnd in den Mund, erkundete mit der Zunge den unterschiedlichen Geschmack - zimtig der eine, fischig der andere.

Ich war mittlerweile richtig geil geworden, hatte mich ganz ausgezogen und meine beiden Spielgefährten an ihren Ruten zum Sofa gezogen. Ich legte mich auf den Rücken, spreizte leicht die Beine, breitete einladend die Arme aus und war neugierig, wer von den beiden dieser Einladung als erster folgen würde. Es war Rainer, der zunächst mit der Zunge das behaarte Terrain zwischen meinen Schenkeln erkundete, dann kurz an meinem Kitzler zutzelte, bevor er sich schließlich kurz erhob und seinen stämmigen Bolzen zwischen meine nassen Schamlippen presste. Ein kurzer Stoss und ich schrie leise auf. Schon war er drin – ein wirklich starkes Stück.

Uwe hatte sich unterdessen hinter meinen Kopf gekniet und begonnen, mich in den Mund zu ficken.  Mit einem Blick verständigten sich die beiden und fingen an, mich jetzt im gleichen Rhythmus zu vögeln. Zwei Schwänze auf einmal in mir – es war herrlich. Ich wehrte mich nicht einen Augenblick. Ich ließ mich fallen, genoss. Dann erhöhte sich die Frequenz der Stöße in Mund und Fotze. Uwe fing an zu stöhnen, aber Rainer entleerte sich mit einem tierischen Grunzen als erster in mir. Gleich darauf zog Uwe seinen Schlauch aus meinem Mund und spritzte ab. Er verteilte sein Sperma auf meinem Gesicht und auf meine Brüste. Weil ich aber nach drei Kostproben unbedingt auch von diesem Saft probieren wollte, griff ich mir den Samenspender und saugte mir mit genussvollem Schmatzen die letzte Ladung in den Mund. Diesmal, Überraschung, schmeckte es süß.

Erschöpft ließen wir uns auf die Couch fallen und genehmigten uns einen weiteren Wodka. Rainer hatte sich wohl schon wieder erholt und war zu neuen Schandtaten bereit. Jedenfalls tauchte er plötzlich seinen Erschlafften ins Schnapsglas, fasste mich am Kopf und drückte ihn an seine hochprozentig geölte Nudel. Kaum hatte ich die, wie gewünscht, in den Mund genommen und den Wodka genussvoll abgesaugt, spürte ich, wie sich zwischen Zunge und Gaumen neues Leben zu regen begann. Sekunden später hatte ich wieder einen Schwanz in meinem Mund, nicht so lang wie der von Rainer, aber mit einem Durchmesser, der meine frisch erlernten Blaskünste auf eine im wahrsten Sinn des Wortes harte Probe stellte. Meine Lippen fassten das Teil gerade mal so, aber dafür konnte ich bis den ganzen Lümmel bis zur Wurzel in den Mund nehmen. Was Rainer offenbar so geil machte, dass er wie verrückt zu rammeln begann und er sich zum zweiten Mal in mir ergoss – diesmal sozusagen in Deep Throat. Übrigens: Rainers Sperma schmeckte wie Sahne mit einem Schuss Wodka.

Das war er also, der berühmte flotte Dreier, von dem ich oft unter vorgehaltener Hand und mit viel Ho-ho-ho und Hi-hi-hi meiner Freundinnen gehört hatte. Da hätte mein Peter nie im Leben mitgemacht - teils aus Eifersucht, teils aus Scham. Wieder ein Grund, ihm dankbar dafür zu sein, dass er mich in diesen privaten Rachefeldzug getrieben hatte. Denn diese weitere neue Erfahrung auf meinem sexuellen Selbstfindungstrip hatte ich durchaus genossen. Scham empfand ich keine, auch am Tag danach nicht. Im Gegenteil: Die Triole hatte mich nur noch neugieriger gemacht auf eine Welt der Sinne, die mir bisher verschlossen war.

## Tag 6    Lesbenstich

Ich war jetzt ein knappes Vierteljahr von Peter getrennt. Einmal hatten wir uns in der Stadt getroffen und Belanglosigkeiten ausgetauscht. Seine Schwester Ute hatte ich auch nicht mehr gesehen, seit ich mit ihrem Mann Georg im Auto meinen Rachefeldzug begonnen hatte. Ihr hätte ich zu gerne erzählt, welche neuen Erfahrungen ich ihrem treulosen Bruder zu verdanken hatte. Erzählt natürlich in der Hoffnung, daß sie wiederum Peter von meinen jüngsten amourösen Abenteuern berichten würde.

Stattdessen traf ich in einem Café Monika. Mit ihr war Peter angeblich ein halbes Jahr zusammen, bevor er mich kennenlernte. Moni war vier Jahre älter als ich und ausgesprochen schön: Lange Beine, makellose Figur mit einem kleinen festen Busen und lange blonde Haare, die sie ungezähmt auf ihren wohlgerundeten Po fielen ließ. Ich muß zugeben, daß ich schon damals eifersüchtig auf sie gewesen bin. Und ich war es noch immer – so wie sie jetzt vor mir saß und wieder mal die Blicke der vorbeiflanierenden Männer auf sich zog.

Natürlich wusste sie schon, dass Peter und ich nicht mehr zusammen waren, und heuchelte Anteilnahme. Offenbar in der Annahme, mich damit trösten zu können, fing sie an, unseren gemeinsamen Ex schlecht zu machen. Wie unzuverlässig er auch in wichtigen Dingen gewesen sei, wie leichtsinnig im Umgang mit Geld und wie mittelmäßig im Bett. In der Einschätzung von letzterem wäre ich noch vor drei Monaten anderer Meinung gewesen. Da ich mir aber mittlerweile gewisse Vergleichsmöglichkeiten ervögelt hatte, musste ich Moni insgeheim recht geben.

„Willst du nicht auf ein Glas Wein zu mir kommen?", hörte ich sie fragen. „Ich kann dir ein paar Briefe von Peter zeigen, da zieht's dir die Schuhe aus." Eigentlich hatte ich keine Lust, aber die Aussicht, lesen zu können, was Peter einer anderen Frau geschrieben hatte, war einfach zu verlockend. Also fuhr ich in ihrem Smart Cabrio mit zu ihr nach Hause. Moni bewohnte eine schicke Maisonette unter dem Dach eines Drei-Familien-Hauses. Der Kamin im Wohnzimmer war auch ohne brennende Holzscheite ein Blickfang. Durch das großzügige Panoramafenster hatte man einen traumhaften Blick auf die Stadt.

Moni hatte als erstes ihre Plateau High Heels in die Ecke geschleudert und eine Flasche eisgekühlten Prosecco aufgemacht. Jetzt hatten wir uns auf dem weißen Flokati vor den Kamin gelegt, tranken Prickliges und taten so als wären wir die ältesten Freundinnen. Aber was für mich das Wichtigste war: Moni hatte tatsächlich ein Bündel Briefe aus ihrem Schreibtisch geholt. Ich hatte sofort Peters Handschrift auf den Kuverts erkannt und konnte meine Aufregung kaum verbergen.

„Das ist sein Abschiedsbrief", begann Moni und fing an vorzulesen. Es war offenbar die Reaktion darauf, dass Moni mit ihm Schluss gemacht und obendrein noch aus ihrer Wohnung geworfen hatte. Er hätte jetzt sowieso eine andere gefunden, mit der er auch mal über etwas anderes reden könne als nur über Klamotten, Schuhe und Strandurlaube.

„Warst du das schon?", fragte mich Moni. „Kann sein." Sie las weiter, aber ich hörte schon gar nicht mehr richtig hin, bis ich den Satz hörte: „Und im Bett warst du ja auch immer nur eine taube Nuss." Wie elektrisiert setzte ich mich auf. Taube Nuss – genauso hatte er mich doch bei seinem Schwager genannt.

Die taube Nuss sei er doch selbst gewesen, kommentierte Moni die Beleidigung. Außer der Missionarsstellung hätte er doch nix zu bieten gehabt und alle ihre Versuche, etwas Pfeffer in ihr Sexleben zu bringen, seien gescheitert. „Schau mal", winkte sie mich zu einer Kommode und öffnete die Schublade. Ich staunte nicht schlecht: Lauter Sexspielzeug und jede Menge Leder. Slips mit offenem Schritt, offene BH's, nietenbesetzte Manschetten, eine achtschwänzige Peitsche, eine ganze Kollektion verschiedenfarbiger Dildos unterschiedlicher Größe und – nicht zu übersehen – ein fleischfarbener Penis-Gurt.

„Donnerwetter", sagte ich. „Und alles schon mal ausprobiert?" Moni lachte. „Na klar. Aber nicht mit Peter. Der ist dafür viel zu verklemmt." Ich hatte inzwischen den Penis-Gurt in die Hand genommen. „Und wofür brauchst du das?" Moni grinste. „Ich bin nicht nur mit Männern unterwegs. Apropos: Wie steht das bei dir?" Die Frage überraschte mich komischerweise nicht und - was ich noch erstaunlicher fand- sie machte mich noch nicht einmal verlegen. „Ich fang gerade erst mit den Männern an. Aber wie heißt es so schön: Lieber bisexuell als nie sexuell." Jetzt lachte Moni laut und wurde gleich darauf nachdenklich. „Wenn du Lust hast, könnten wir's ja mal ausprobieren. Wäre das nicht irre: Peters Ex-Freundinnen treiben's miteinander."

Die Idee hatte was. Mit einem „Darauf sollten wir gleich noch einen trinken" signalisierte ich meine Zustimmung. „Hast du vielleicht auch einen guten Rotwein?" „Bitte sehr, bitte gleich" – Moni verschwand und kam nach fünf Minuten mit einer Flasche Barolo unter dem Arm zurück. Sie hatte sich umgezogen: Schwarzer Mini, Nietenhalsband und Nietenmanschetten, schwarze Krawatte über dem nackten Busen – alles in Leder. Und die schwarzen High Heels hatte sie auch wieder angezogen. Ich war beeindruckt.

Nach dem ersten Glas Rotwein kam Moni gleich zur Sache. Sie setzte sich neben mich, nahm meine Hand und führte sie zielstrebig zwischen ihre Beine. Sie war nackt unter ihrem Mini und, wie ich fühlen konnte, glatt rasiert. Als ich plötzlich eine Zunge in meinem Ohr spürte, sprang ich verunsichert auf. „Mach's dir doch auch bequem. Ich hab dir im Bad ein paar Sachen hingelegt." Ich war froh, auf diese Weise der Situation entkommen und meine Gedanken ordnen zu können. In meinem Rache-Fahrplan war diese Variante nicht vorgesehen, aber das machte gerade den Reiz. Als ich im Bad das ordinäre Outfit liegen sah – ein roter Latex-Hosenanzug mit offenem Schritt und ausgeschnittener Oberweite, auf dem eine rote Maske drapiert war -, stand mein Entschluss fest: Auf nach Lesbos!

Moni lag auf dem Teppichboden, ein Rotweinglas in der Hand und zwei Finger in ihrer rasierten Spalte, und empfing mich mit einem anerkennenden „Wow!" Ich hatte die Maske angelegt, stand breitbeinig über ihr und zog meine Schamlippen auseinander, während meine Hüften aufreizend kreisende Bewegungen ausführten. Moni erhob sich leicht und presste ihren weit geöffneten Mund auf meinen behaarten Liebeshügel. Gleichzeitig ließ sie ihre Zunge ausfahren und in meiner längst eingenässten Scheide auf Erkundungsreise gehen. So hatte mich noch kein Mann berührt – es war wundervoll.

Ich legte mich auf den Rücken, in der Erwartung, noch tiefer penetriert zu werden. Aber sie erhob sich stattdessen und nun war sie es, die über mir stand, in die Hocke ging und mir so ihre nackte Schnecke zu näherer Inspektion anbot. Am oberen Ende ihres leicht geöffneten Spalts zeichnete sich die Kontur einer ungewöhnlich großen Klitoris ab, der mein erstes Interesse galt. Ihre Möse sah völlig anders aus als meine, nicht nur wegen der fehlenden Haare. Sie ähnelte einer vertikalen Blinddarmnarbe mit einer leichten Verdickung am oberen Ende, während meine mit den nach außen gewölbten Schamlippen eher einer geöffneten Muschel glich.

„Ich beneide dich um deinen vollen Busen", sagte sie und ließ wie aus heiterem Himmel die sieben Lederschwänze ihrer Peitsche auf meine Brüste knallen. Und nochmal und nochmal. Es tat weh, aber ich hätte nie gedacht, dass Schmerzen solche Lust bereiten können. Meine Brustwarzen wurden steif und ragten nun aufreizend über das Oberteil meines Latex-Bustiers. Moni warf die Peitsche weg, griff meine wogenden Brüste mit beiden Hände und verbiss sich sogleich in einen meiner harten Nippel.

„Unf jetzt will ich, dass wir uns ficken", raunte sie und zeigte auf den Doppeldildo, den sie vorsorglich unter dem Flokati versteckt hatte. Sie befeuchtete beide Enden ausgiebig mit

Spucke und führte das Gummiteil mit einem wohligen Aaaahh in ihre Nacktschnecke ein. Dann forderte sie mich auf, mit dem anderen Ende das gleiche zu tun. Und so saßen wir uns alsbald in einem Abstand von vierzig Zentimetern gegenüber, rückwärts auf die Hände gestützt, jeder mit einem Ende des zweiköpfigen Gummischwanzes in seinem Feuchtgebiet, und rammten uns mit rhythmischen Stoßbewegungen den Riesendildo immer tiefer in unsere Lustgrotten.

Ich will nicht sagen, dass mir dieses Damen-Doppel keinen Spaß gemacht hätte, aber ein echter Schwanz war halt ein echter Schwanz - wärmer, geschmeidiger, lebendiger. Moni musste wohl bemerkt haben, dass mich ein Ersatz-Penis nicht zum Höhepunkt bringen würde. Jedenfalls löste sie sich von ihrem Schwanzende und begann dafür mit zwei Fingern ihren Kitzler heftig zu wichsen, bis eine kleine Fontäne farbloser Flüssigkeit aus ihrer Muschi auf meinen Bauch spritzte. Was ich hier zum ersten Mal sah, war eine weibliche Ejakulation, auch Squirting genannt. Aber das erfuhr ich erst viele Jahre später.

Viel eher in Erinnerung bleibt mir Monis Bemerkung, die meine erste und einzige lesbische Erfahrung beendete: „Beim nächsten Mal laden wir Peter ein. Und dann darf er zuschauen, aber nicht mitmachen." Eigentlich schade, dass es nie dazu kam.

Tag 7    Gartenspiele

Es war einer der heißesten Tage in diesem Sommer. Einer der
Tage, an denen ich besonders zu schätzen wusste, dass der
riesige Garten meines Elternhauses alle Möglichkeiten bot:
Nackt sonnenzubaden ebenso wie im Schatten einer der
vielen Bäume zu liegen oder sich im nierenförmigen Pool
abzukühlen. Ich hatte es mir auf dem Polster einer Liege
bequem gemacht, neben mir ein Glas Wodka Bitter Lemon.
Meinen Bikini hatte ich nach dem Verlassen des Pools nicht
mehr angezogen und ließ mir, wie immer, die nasse nackte
Haut von der Sonne trocknen.

Ich war fast schon am Einschlummern, als ich durch ein
ungewöhnliches Geräusch über mir hellwach wurde. Ich
rührte mich nicht, blinzelte etwas und sah durch meine halb
geschlossenen Augenlider hindurch auf einem der
entfernteren Bäume eine menschliche Gestalt. Einen Mann.
Er hielt etwas vor seine Augen und verharrte ansonsten
regungslos. Ich tat, als hätte ich nichts bemerkt, reckte
stattdessen meine Arme über den Kopf, räkelte mich
ausgiebig und öffnete meine Beine - genau in die Richtung
meines Beobachters. Der beugte sich nun etwas vor und nun
erkannte ich auch, was er vor sein Gesicht hielt: eine Kamera.

Bisher hatte ich nur meinem Vater erlaubt, Garten-Fotos von
mir zu machen. Im Bikini wohlgemerkt. Dass jetzt ein fremder
Mann mich nackt fotografierte, schockierte mich nicht im
geringsten. Im Gegenteil. Die Situation provozierte mich. Und
so zog ich meine Schenkel noch etwas weiter auseinander,
führte zwei Finger in meine Lustgrotte und begann zu

wichsen. Dann schoss ich plötzlich hoch, als hätte mich irgendetwas erschreckt, und sah in die Richtung meines Spanners. „Hei!", rief ich lachend. „Komm runter und trau dich was."

Als er merkte, dass er von mir nichts zu befürchten hatte, schwang er sich mit einem eleganten Schwung vom Baum, kam auf mich zu und versuchte die Kamera hinter seinem Rücken zu verbergen. „Du Tarzan, ich Jane", wollte ich die für ihn peinliche Situation auflockern und machte auch keine Anstalten, meine Blößen zu bedecken. Ernsthaft fügte ich hinzu: „Aber du gibst mir jetzt erstmal deine Kamera." Was er widerstandslos tat. Ich zappte mich durch die Aufnahmen, die er von mir gemacht hatte. „Nicht schlecht für einen Amateur", entfuhr es mir beim Anschauen der durchaus erotischen Schnappschüsse.

Unsicher schaute er mich an. Ich öffnete den Fotoapparate, entnahm die Speicherkarte und reichte ihm die Kamera. Dass ich dabei lächelte, nahm er wohl als Aufforderung. Mit einem „Grazie, bella bionda" kniete er sich vor mir hin. „Ich heiße Massimo. Sie haben eine wunderbare Figur." Ein Italiener. Aus der Nähe betrachtet sah er richtig gut aus. Anfang 30, dunkle Locken, Dreitagebart. Sein Muskelshirt brachte seinen braungebrannten athletischen Oberkörper zur Geltung. Kurzum, eine fleischgewordene Verlockung, der ich gar nicht erst wiederstehen wollte.

Ich griff in sein volles Haar und schon spürte ich, wie seine Hände meine üppigen Brüste umfassten und wild zu kneten anfingen. „Madonna", flüsterte Massimo und griff mir ungehemmt zwischen die Beine. Als ich meinerseits die Wölbung über seinem Schritt ertastete, richtete er sich auf und zog seine Bermudas aus. Sein vielversprechendes Genital wurde nur von einem schwarzen String gehalten.

Ich stellte das Kopfende meiner Liege flach, legte mich auf den Rücken und schloss die Augen. Gleich darauf spürte ich, wie Massimo sich auf mich legte. Seinen String hatte er ausgezogen und führte ihn nun langsam über mein Gesicht. Ich konnte gerade noch den strengen Geruch wahrnehmen, als mich auch schon die harte Lanze meines Gärtnerjungen durchbohrte. Erst jetzt wurde mir bewusst, dass wir begonnen hatten, es am hellichten Tag unter freiem Himmel zu treiben. Zwar war der Garten von außen nicht einsehbar, aber es konnte doch jeden Moment meine Mutter oder mein Vater auftauchen, die schließlich den Gärtner bestellt hatten. Zum Bäume beschneiden, nicht zum Tochter ficken.

Ich spürte, dass die Möglichkeit, erwischt zu werden, mich noch mehr erregte. Als wollte ich die Entdeckung herausfordern, erwiderte ich Massimos Stöße mit ungewohnter Heftigkeit und genoss das verbotene Treiben sehr bewusst. Dass er plötzlich, kurz vor meinem erlösenden Orgasmus , in mir abspritzte, kam etwas überraschend. Mein Hengst stieg auch sofort ab, ging ein paar Schritte zur Seite und nahm den Gartenschlauch in die Hand, der aufgerollt auf dem Rasen lag. Er drehte den Hahn auf, prüfte kurz die Wassertemperatur und säuberte dann mit schwachem Strahl sein immer noch leicht erigiertes Glied.

Dann kam er zurück und stellte sich über mich. Ein aufreizend-aufregender Anblick. Sein stark behaarter praller Hodensack baumelte eine halbe Armlänge entfernt über mir und verdeckte nur zur Hälfte seinen kräftigen Schwanz, der eben noch mein Feuchtgebiet durchpflügt hatte und dessen Eichel nass schimmerte. Massimo ließ jetzt einen sanften Sprühstrahl über meinen Bauch rieseln und feuchtete mit einer kurzen Drehung noch einmal seine Weichteile ein. Das Wasser von seiner Schwanzspitze und seinen Eiern tropfen zu sehen, machte mich augenblicklich wieder geil. Da aber hatte er schon die Einstellung der Spritzdüse verändert und lenkte nun einen scharfen Strahl zwischen meine Beine. Mit zwei Fingern zog er meine Spalte auseinander und steckte die sprudelnde Schlauchspitze in mein Loch.

Beinahe hätte ich laut aufgeschrien. Mit unglaublichem Geschick ließ Massimo die spitze Düse in meiner Vagina rotieren, immer und immer wieder, als wollte er den letzten Tropfen seines Spermas aufspüren und aus meinem Loch spülen. Dann beugte er sich runter und suchte mit seinem Mund meinen Kitzler, der jetzt nicht mehr lange kalt und steif blieb. Massimos Leckkünste in Verbindung mit dem kühlen Wasserstrahl brachten mich nach ganz kurzer Zeit zu dem explosionsartigen Orgasmus, auf den ich lange gewartet hatte.

Erschöpft blieben wir beide erst einmal liegen. Trotz des vielen kühlen Wassers fühlte ich heißen Schweiß auf meiner Haut. Was also lag näher als in den nur wenige Meter entfernten Pool zu springen und sich abzukühlen. Als ich wieder auftauchte, sah ich Massimo, wie er sich vorsichtig nach links und rechts umschauend dem Beckenrand näherte. Die Szene entbehrte nicht der Komik: Unser Gärtner, der mich gerade nach Strich und Faden durchgebumst hatte, fürchtete offenbar das Auftauchen eines seiner Arbeitgeber.

Mir war das erstaunlicherweise egal, also winkte ich ihn zur Einstiegstreppe und bedeutete ihm, sich auf die oberste Stufe zu setzen. Mit zwei Schwimmzügen war ich an der Treppe, auf der Massimo inzwischen Platz genommen hatte. Er hatte sich auf die oberste Stufe gesetzt, sein Schwanz war im Wasser verschwunden. Ich hielt mich an den Holmen der Treppenleiter fest und platzierte Massimos bestes Stück zwischen meine Brüste, ließ sie von links nach rechts und wieder zurück schwingen, bis ich spürte, wie der auf diese Weise hin und her gerissene Lümmel wieder hart wurde und sich zu neuen Taten erhob.

Noch ehe Massimo zu mir ins Becken rutschen konnte, war ich kurz abgetaucht, hatte den Aufständischen in den Mund genommen und bearbeitete ihn mit der Zunge so lange, bis mir die Luft wegblieb. Auch als ich notgedrungen auftauchte, ließ ich nicht los, sondern blies unverdrossen weiter, bis ein warmer Schwall süßen Spermas in meine Kehle schoss.

Jetzt packte ich Massimo an den Armen und zog ihn in den Pool. Seine Überraschung nutzte ich für einen Stellungswechsel: Nun war ich es, die auf der obersten Treppenstufe saß. Die Wassertropfen in meinen schwarzen Schamhaaren glitzerten im Sonnenlicht. Massimo ließ sich nicht lange bitten. Er schwamm direkt auf mich zu und hatte meine glänzende Grotte direkt vor der Nase. Schon öffnete er leicht seinen Mund, um sich für meine Leckereien von vorhin zu revanchieren. Aber ich stemmte meine Füsse gegen seine Schulter und hielt ihn so auf Distanz. Gegen seine Finger allerdings, die nun in mein feuchtes Loch stießen, konnte ich mich nicht mehr wehren, wollte es auch gar nicht.

Massimo ließ Zeige- und Mittelfinger rotieren und rubbelte gleichzeitig mit dem Daumen an meinem Kitzler. Aus dem Pool saugte er nun eine Ladung Wasser in seinen Mund und spritzte auf die halbe Hand ab, die in meiner Vulva wühlten. Ein Anblick, der mich umgehend noch geiler machte und mein Becken zu Gegenstößen animierte. Plötzlich fühlte ich in meiner Scheide einen lustvoll-zuckenden Drang. Ich dachte zunächst, ich müsse nur pissen. Aber das Gefühl beim Urinieren war anders. Hier brach sich eine andere Flüssigkeit unter konvulsivischen Zuckungen meines Unterleibs Bahn und entlud sich in einem Strahl in Massimos Gesicht.

Als ich seine Fassungslosigkeit bemerkte – so etwas hatte er wohl auch noch nicht erlebt – assoziierte ich Peters Gesicht, als ich einmal versuchte, seinen Schwanz in den Mund zu nehmen. Und so war mein Ex auch am siebten Tag meiner Rache dabei. Wieder einmal und immer noch.

## Tag 8 Finale

In der Rückschau fällt es mir noch immer schwer, wirklich zu verstehen, was Peters Kränkung tatsächlich in mir auslöste. Der Autofick mit Schwager Georg lässt sich noch als simple Retourkutsche umschreiben. Selbst meine Männer 2 und 3 können noch als erotische Eskapaden durchgehen. Kritisch wurde es erst, als ich merkte, dass die neu entdeckte Libertinage anfing, mir doppelt Spaß zu machen. Zum einen befriedigte jeder Verkehr mit einem anderen Mann mein verständliches  Bedürfnis nach Rache. Gleichzeitig löste aber jedes neue Abenteuer in mir auch die heftigsten Lustgefühle aus, von denen ich vorher nicht einmal geahnt hatte, dass ich sie empfinden könnte. Selbst meine erste Erfahrung mit dem gleichen Geschlecht empfand ich durchaus nicht als sexuelle Verirrung, sondern eher als Erweiterung meines sinnlichen Horizonts.

Trotzdem: Was war in so relativ kurzer Zeit aus dem braven Töchterchen aus gutbürgerlicher Familie geworden, die im Grunde nur einen Wunsch hatte, nämlich mit dem Mann zusammenzuleben und alt zu werden, dem sie ihre Jungfräulichkeit nicht geopfert, nein, sogar mit Freuden geschenkt hatte? Nach den Maßstäben ihrer Erziehung eine Schlampe, eine Nymphomanin oder, um es im Jargon emanzipierter Geschlechtsgenossinnen auszudrücken: eine junge Frau mit promisken Präferenzen. Das Verrückte aber war: Peter war bei jeder meiner Bettgeschichten dabei, und ich hatte im Grunde nie das Gefühl, ihm untreu zu sein, hatte folglich auch kein schlechtes Gewissen. Im Gegenteil hätte ich mit ihm gerne die Früchte geteilt, die ich im Garten der Lüste so eifrig gesammelt hatte.

Vielleicht sollte dieser Wunsch ja irgendwann Wirklichkeit werden. Zuvor aber wollte ich noch eine weitere sinnliche Erfahrung machen, der ich bisher nur in wollüstigen Träumen oder obszönen Fantasien nachgegeben hatte: eine Orgie, vulgo Gruppensex. Nur: Wie kommt man in so einen Kreis gleichgesinnter geiler Männer und Frauen? Früher wäre ein solcher Wunsch schon an mangelnden Kontaktmöglichkeiten gescheitert. Heute genügen ein paar Klicks auf einschlägige Seiten im Internet und man kann sich für ein Fick-Fest seiner Wahl entscheiden.

Diese Möglichkeit war verlockend einfach, mir aber zu riskant. Das Internet vergisst nichts, weiß man doch. Keine Ahnung, in welchen Netzwerken meine Anmeldung landen würde. Aber es gab ja seit geraumer Zeit noch die konventionelle Art, sich auf dem Markt nackter Eitelkeiten zu bedienen oder, je nachdem, auch anzubieten. Swingerclubs gab es mittlerweile in fast jedem größeren Kaff. Und es gehörte mit zum besonderen Kitzel dieser erotischen Treffpunkte, dass man stets damit rechnen musste, einem bekannten Gesicht zu begegnen. Nicht zuletzt dieser Reiz war es, der den Ausschlag gab, dass ich mich an einem Samstagabend von einem Taxi ins *Dolce Vita* fahren ließ, ein Etablissement, das ganz in der Nähe von Peters Wohnort lag. Denn nichts erhoffte ich sehnlicher als dort meinem Ex beim Sex zu begegnen und dann spontan entscheiden zu können, wie ich mich verhalten würde.

Das *Dolce Vita* lag etwas abseits der Hauptstraße am Waldrand. Von außen machte es den Eindruck eines villenähnlichen Einfamilienhauses, hinter dem sich eine Terrasse und ein Swimmingpool verbargen. Der große Parkplatz vor dem Haus war bereits gut besetzt. Außer einem Smart standen dort lauter Wagen der gehobenen Mittel- bzw. Oberklasse, die durchaus Rückschlüsse auf den sozialen Status der Gäste zuließen. Französische und luxemburgische Nummernschilder in nicht unerheblicher Zahl suggerierten internationalen Flair.

Die kleine Empfangshalle glänzte in Rot und Gold, die Wände waren mit purpurfarbener Samttapete verkleidet. Ein kleiner Empire-Schreibtisch diente als Check-in-Schalter. Dahinter saß eine Mischung aus Henry Maske und David Beckham, Knopf im Ohr und Piercing im linken Nasenloch, der muskulöse Oberkörper vom Solarium gebräunt, angetan mit knappen Shorts und lässiger Weste in schwarzem Leder. Vom Foyer aus führte der Weg durch vier Rundbögen in die verschiedenen Räumlichkeiten – von der Spielwiese bis zum Darkroom.

Der meiste Betrieb herrschte an der Bar, die auf den ersten Blick nicht anders aussah als in jedem normalen Nachtclub, außer dass die Gäste etwas luftiger gekleidet waren. Die Damen in Dessous aus dem Sexshop um die Ecke, die Männer oben ohne, unten in String Tangas oder auch nur schwarzen Slips. Ich bestellte bei einem der beiden Oben-ohne-Bedienungen einen Manhattan. Kaum hatte ich an meinem Glas genippt, wurde ich auch schon von einem Endfünfziger mit behaartem Bierbauch und Halbglatze angesprochen. Die

Cocktails im *Dolce Vita* wären wirklich gut, ob ich allein hier sei, ob das mein erster Besuch in einem Swingerclub… undsoweiterundsofort. „Ich will mich erst einmal in Ruhe umschauen", antwortete ich höflich, aber deutlich ablehnend. „Na, dann viel Spaß bei der Spannerei", knurrte er und verschwand.

Die Szene war auch von anderen Männern beobachtet worden, die mich jetzt ungeniert musterten. Ich trug ein rot-schwarz gestreiftes, tief dekolletiertes Bustier Top, einen schwarzen Stringtanga und rote High Heels. Damit passte ich exakt ins Beuteschema von Solo-Herren und als Beute fühlte ich mich auch, als mich die ersten männlichen Raubtiere zu umkreisen begannen. Die Gespräche an der Bar waren inzwischen lauter geworden, in das Stimmengewirr mischten sich immer häufiger kurze spitze Schreie aufgekratzter Damen. Die ersten Paare verschwanden unter den Torbögen in die abgedunkelten Tiefen des Hauses. Andere flanierten zwischen Foyer und Bar hin und her, suchten Augenkontakt, taxierten mögliche Sexpartner.

Merkwürdig, aber die Szenerie begann mich ungewollt zu erregen. Noch konnte ich mich als unbeteiligte Beobachterin fühlen, die alles unter Kontrolle hielt. Aber ich spürte auch schon das uneingestandene Verlangen, aktiver Teil dieser tabulosen Gesellschaft zu werden. Was nicht zuletzt daran lag, dass mir immer mehr offen zur Schau getragene Schwänze begegneten. Einmal mehr durfte ich verblüfft feststellen, welche Vielfalt an Penis-Formen die Natur dem männlichen Fortpflanzungsorgan geschenkt hat. Hier war überdies Gelegenheit, den unterschiedlichen Prozess von Erektionen zu beobachten.

Links neben mir saß ein ganz junger Mann. Sein glatter Penis mit der lustigen Zipfelspitze war von einem Ledergurt umschlossen und hing ganz entspannt über den Rand des Barhockers. Der Mann rechts von mir war älter, Anfang 40 vielleicht. Sein kräftiger Schwanz hatte sich bereits leicht versteift, zuckte hin und wieder und legte einen Teil der Eichelspitze frei. Der Gast, der sich gerade im Schlepptau einer dickärschigen Endfünzigerin in Richtung Liegewiese bewegte, konnte es offenbar kaum erwarten: Beinahe stolz führte er seine beachtlich lange Rute durch ein Spalier neugieriger Blicke.

Ich war aufgestanden und schlenderte in Richtung Liegewiese, wie sich die mit großen Kissen drapierte Riesenmatratze nannte. Hier hatte sich gerade eine magersüchtig aussehende Blonde ihren Kopf zwischen die Beine ihres fettleibigen Partners gebettet und dessen schlaffen Eugen in den Mund genommen. Mit Hingabe bearbeitete sie seinen Männerstolz, der sich nach einer gefühlten Ewigkeit zum Anschwellen bequemte. Dann ging es allerdings erstaunlich schnell. Das faltig-braune Ding entwickelte sich in Sekunden zu einem, allerdings immer noch hässlichen Einbaum, der sich jetzt den Weg zwischen die dürren Schenkel des Mädchens hindurch in das rasierte Fötzchen von Twiggy suchte.

Ich schlenderte weiter. Eine Wand mit bullaugengroßen Löchern in Augenhöhe erregte meine Aufmerksamkeit.

Dahinter verbarg sich eine weitere kleine Liegewiese, auf der bereits zwei Paare heftig zugange waren: das eine in klassischer Missionarsstellung, beim anderen saß die Frau mit dem Gesicht zu ihrem Partner und ritt ihn wie wild, wobei ihre üppigen Brüste so aufreizend wippten, dass ihre auf dem Rücken liegende Nachbarin nach ihnen griff und mit leichten Schlägen im Rhythmus der Stoßbewegungen beklatschte.

An meinem nackten Po spürte ich plötzlich etwas Heißes, Hartes. Kein Zweifel, das war ein erigierter Schwanz, der sich an mir rieb, der dazugehörige Mann schob seinen Kopf neben den meinen und schaute nun auch durch das Bullauge auf das scharfe Treiben des nackten Quartetts. „Nicht übel, oder?", flüsterte er und blies mir ins Ohr. Seine Hände hatten jetzt meinen Busen umfasst und er begann mit geschmeidigen Tanzbewegungen, mich von der Gucklochwand wegzuschieben. Ich drehte mich um und sah ihn an. Für einen kleinen, völlig irrationalen Moment hatte ich gehofft, in das Gesicht von Peter schauen zu können. Aber es war ein Fremder, nicht unattraktiv.

Er zog mich auf die Liegewiese runter und fing an, mich zu streicheln. Während seine Hand meinen String beiseiteschob und seine Finger meine Schamlippen teilten, wanderte seine Zunge von meinen Schultern bis zum freiliegenden Bauchnabel. Links und rechts neben uns ganz ähnliche Bilder, akustisch untermalt vom leisen Stöhnen der Akteure. Ich war inzwischen ziemlich feucht zwischen den Beinen und schob meinen Slip über Beine und Füsse. Das nahm mein Mr. Unbekannt als Signal. Er griff neben sich in ein mit Kondomen gefülltes Körbchen, riss eine Packung auf und schob sich den Gummi über sein jetzt zu voller Größe auferstandenes Glied.

Ich war inzwischen so geil, dass ich auf jedes weitere Vorspiel verzichtete und mir das eingetütete Teil in meine Glitscherspalte einführte. Mr. Unbekannt ließ es langsam angehen. Er starrte mich unverwandt an, während er mit sanften Stößen immer tiefer in mich eindrang. Ich schloss meine Augen und spürte eine Hand über mein Gesicht gleiten. Als ich den Mund öffnete, schoben sich zwei Finger zwischen meine Zähne, die ich erst mit zartem Biss fixierte und danach mit meiner Zunge ableckte. Erst als ich die Augen wieder aufschlug, merkte ich, dass ich die Finger meines Matratzennachbarn verwöhnte, der unseren Zeitlupen-Sex interessiert beobachtete, während er selbst von einer hingebungsvoll blasenden Rubens-Mutti zum Abspritzen gebracht werden sollte.

Jetzt erhöhte mein Stecher die Frequenz seiner Stöße und verströmte sich in mir fast zeitgleich mit meinem Fremdstreichler, der sein Sperma zum Teil in den Mund, zum Teil ins Gesicht seiner Partnerin entlud. Ich wusste nicht, ob mir das gefallen oder ob ich mich nicht doch ein wenig ekeln sollte. Jedenfalls war meine Geilheit auf einmal im wahrsten Sinn des Wortes wie weggeblasen. Ich zog meinen Sliptanga wieder an, machte mich wortlos vom Lustacker und ging wieder an die Bar.

Dort erwartete mich der nächste Schock. Im anregenden Gespräch mit einer eher biederen, gleichwohl nicht unattraktiven Frau reiferen Jahrgangs saß da Karlheinz, ein guter Freund von Peter. Der erste Reflex war: Flucht. Aber was hätte ich denn gemacht, wenn statt Karlheinz Peter dort gesessen hätte? Ihn gestellt. Also besann ich mich eines besseren, stakste auf meinen High Heels auf den Bartresen zu und hörte mich etwas lauter als angemessen sagen: „Hallo, mon ami. Quelle surprise." Ich wusste um die Vorliebe von Peters geschwätzigem Kumpel, seine meist belanglosen Sätze mit französischen Wendungen aufzupolieren.

Sprachlos hatte ich ihn selten gesehen. Jetzt war er es. Bevor er seine Sprache wiederfand, ging ich in die Offensive. „Na Karlheinz, was machst Du denn hier?"

„Dasselbe wollte ich Dich gerade fragen."

„Ich amüsiere mich." Ich sah ihm an der Nasenspitze an, welche Frage ihm jetzt auf der Zunge lag. Ich nahm die Antwort vorweg. „Nein, Peter weiß nichts davon. Ich bin ihm keine Rechenschaft mehr schuldig. Deshalb kannst Du es ihm ruhig erzählen."

Er schaute mich ungläubig an. „Es ist also wirklich Schluss zwischen euch? Peter hat mir da was anderes erzählt. Kleine Auszeit oder so. Pas finis."

„Aber absolument fini von mir aus. Bist du noch etwas länger hier? Dann kannst du vielleicht noch live erleben, wie fini die Sache mit Peter für mich ist." Mit diesem letzten Satz hatte ich mich sehr weit aus dem Rache-Fenster gelehnt. Aber gesagt war gesagt und mit einem „Salu à ton ami Pierre" drehte ich mich um und steuerte den Darkroom an. Eigentlich ärgerte ich mich. Da war ich seit fast zwei Stunden in einem

Rudelbumsschuppen, hatte erst einmal eingelocht und wurde von der  unerwarteten Begegnung mit Karlheinz fast aus der Bahn geworfen. Das durfte nicht sein.

Im Darkroom sah man tatsächlich nicht die berühmte Hand vor Augen. Halb gebückt tastete ich mich nach vorne, berührte nackte Haut, ein Schienbein, einen Rücken, bis ich mich dort zu setzen wagte, wo ich niemanden vermutete. Es war brütend heiß in dem Raum, niemand sprach etwas. Ich hörte nur lautes Atmen, einmal dazwischen ein lustvolles Stöhnen. Dann spürte ich von links eine Hand auf meinem Rücken, die langsam auf meine Hüften glitt. Gleichzeitig wanderte von vorne ein Fuß zwischen meine Beine und ließ seine Zehen über meinen Venushügel wandern. Keine Ahnung, ob da ein Mann oder eine Frau Körperkontakt suchten, keine Ahnung auch, ob alt oder jung, schön oder hässlich. Wahrscheinlich macht ja gerade dieses Nichtwissen den Reiz einer Darkroom-Begegnung aus. Mir aber nahm es den Atem, ich bekam einen Anfall von Klaustrophobie. Ich stand auf, stolperte über verschwitzte Körper und verließ fluchtartig diesen Höllenort.

Vor der Tür stand Karlheinz und grinste mich an: „Na, kein Peter drin gewesen?"

„Arschloch", zischte ich nur, ging an die Bar und bestellte einen doppelten Whisky. Mir war klar: Jetzt musste ich was tun. Mir war ferner klar: Es durfte nicht irgendein Typ sein, mit dem ich nur um des Bumsens willen showficken würde. Es musste jemand (oder etwas) sein, von dem Karlheinz meinem Peter mit einer Art Na-die-hat-sich-was-getraut-Bewunderung berichten würde. Die Auswahl unter den anwesenden Männern war leider nicht sehr groß, zumindest auf den ersten Blick.

Bis da jemand aus der Dusche kam wie Apollo vom Olymp. Mindestens ein Meter neunzig groß, mit einem durchtrainierten Körper, ohne Waschbrettbauch, aber unaufdringlich muskulös. Bekleidet war er nur mit einer Lederweste und einem Cock String. Die weiblichen Gäste drehten sich ungeniert nach ihm um, die Männer schickten ihm neidische Blicke hinterher. Auch ich war stehengeblieben und starrte ihn länger an als ich wollte, als er direkt auf mich zukam.

Jetzt stand er unmittelbar vor mir. Die Beine leicht gespreizt, eine Hand in die Hüfte gestemmt lächelte er mich an und tastete meinen Körper mit ungenierten Blicken von oben nach unten ab. „Dich habe ich ja noch nie hier gesehen", lächelte er gewinnend. „Ich bin der Alexander." Ich wollte meinen Namen nicht nennen, murmelte stattdessen etwas Unverständliches und gab ihm meine Hand, die er direkt in seinen Schritt führte, wo mich ein warmes Etwas zuckend begrüßte. Ich spürte den kühlen Metallring seines Cock Strings. Seine Hände lagen jetzt auf meinen Schultern und drückten mich sanft nach unten. Ich verstand sofort, ließ mich auf die Knie fallen und war nun mit seinem Schwanz auf Augenhöhe. Fast träge wölbte sich das ansehnliche Teil über einen prallen Hodensack. Von der Vorhaut perlten noch ein paar Wassertropfen. Mit meinen Händen umklammerte ich seine Oberschenkel, während ich mit den Lippen das Prachtstück in meinen Mund bugsierte und mit der Zunge erforschte. Er schmeckte nach Pfefferminze – frisch und anregend. Er hatte wieder eine Hand in die Hüfte gelegt, mit der anderen presste er meinen Kopf gegen seinen Phallus, der langsam anzuschwellen begann.

Ich entließ das Teil erst in dem Moment aus meinem Mund, als der Zauberstab eine Größe erreichte, die ich nicht mehr zu fassen wusste, und ich zu würgen begann. Sein Schwengel triefte von meiner Spucke, die er nun genüsslich über mein Gesicht verteilte, während ich – immer noch kniend – mit den Händen seine Pobacken umfasste. Ich stand auf und fast gleichzeitig hob er mich in die Höhe, so dass ich meine Beine um seine Hüften schlingen konnte. Jetzt ging Alexander leicht in die Hocke und mit einem kleinen Ruck hatte er mich mit seiner Lanze aufgespießt. Wie ein Jäger seine Beute trug er mich vor sich her und blickte triumphierend in die Runde der ersten Schaulustigen, die eine solch eigenwillige Paarlaufkür wohl noch nie gesehen hatten. Mit leichten, von außen kaum wahrnehmbaren Stößen begann Alexander mich zu ficken. Er machte einige Tanzschritte über die Liegewiesenmatte und bewegte sich jetzt auf den Raum zu, in dem ein gynäkologischer Stuhl stand.

Behutsam bettete er mich auf die Liege und führte meine Füße rechts und links durch die Lederschlaufen, ohne dass er sein Rohr aus meinem Feuchtgebiet zurückziehen musste. Erst jetzt begann er mich endlich richtig zu vögeln. Im Nu waren wir von Männern umringt, die sich links und rechts neben mir aufbauten und mich zu streicheln begannen. Im Hintergrund entdeckte ich Karlheinz, der die Szene beobachtete. Jetzt pressten einige der Sex-Schmarotzer ihre heißen Ständer an meine Hüften und Schenkel, andere boten ihren erigierten Schatz meinen Händen an.

Ich weiß nicht, wie es geschah: Aber plötzlich hatte ich in jeder Hand einen Schwanz, über meinem Kopf schwebte ein dritter und über meine nackte Haut glitten geile Finger ohne Zahl. Mein schöner Reiter gab mir immer noch seinen Sporn und verscheuchte wie nebenher einige Trittbrettfahrer, die mir erkennbar lästig wurden. Als ich plötzlich Sperma an meiner Hüfte spürte und sich auch über meine rechte Hand flüssig Warmes ergoss, erschrak ich fast etwas vor der Situation und war dankbar, als sich Alexander endlich in mir entlud. Seine Finger streichelten nun sanft über meinen ganzen Körper, wischten fremde Hände weg und vertrieben die letzten Wichser. Diese zärtliche Geste nach so viel hartem Sex tat gut. Alexander befreite mich von den Lederschlaufen. Ich konnte aufstehen und ging mit ihm zur Dusche, verfolgt von den gierigen Blicken enttäuschter Verehrer. Von Karlheinz keine Spur mehr.

Ich war satt. Ein tiefes Gefühl von Befriedigung durchströmte mich. Ich wusste, dass Peter in allen Einzelheiten über diesen Abend informiert werden würde. Karlheinz würde ihm berichten, in welche Schlampe sich seine ehemalige Freundin verwandelt hätte. Das würde ihn treffen, musste ihn treffen. Gleichzeitig wurde mir auch bewusst, dass ich mit dieser letzten Rache-Aktion endgültig das Tor zur Versöhnung zugeschlagen hatte. In mein Triumphgefühl mischte sich ein Hauch von Traurigkeit. Aber: Kein Bedauern, keine Scham. Ich hatte zu mir selbst gefunden. Zu einem Ich, von dem ich selbst überrascht war. Und zu dem ich stand.